I0630503

# LES PRÊTRES

## DEVENUS

## CITOYENS,

### OU

## ABOLITION DU CÉLIBAT RELIGIEUX.

### A L'ASSEMBLÉE NATIONALE.

Quod genus hoc hominum ! quæve hunc tam barbara morem
Permittit patria ? VIRG. *Æneid.* lib. I.

## A PARIS,

Chez GARNÉRY, Libraire, rue Serpente, n° 17.

## L'AN PREMIER DE LA LIBERTÉ.

# DU CÉLIBAT

## DES PRÊTRES.

CHAQUE célibataire fait une proſtituée. Cette réflexion d'un philoſophe ( 1 ), auſſi ami de la religion que de la nature, a déplu au clergé de France, & la derniere aſſemblée auroit, dit-on, décerné une penſion à cet écrivain, s'il n'eût été coupable de cette vérité. J'ai donc bien fait de ne pas m'adreſſer à cette aſſemblée. Un tribunal qui a pour principe de perpétuer tout ce qui eſt ancien ( 2 ), parce qu'il eſt ancien, & de conſacrer tout ce qui eſt général, parce qu'il eſt général, n'eſt pas celui auquel je devois dénoncer le célibat religieux. Et puis, en voyant des prêtres pauvres de cent mille livres, calculer ce qu'il falloit pour vivre à des prêtres comme eux, aſſigner aux uns ſept cents livres, aux

( 1 ) M. Bern. de Saint-Pierre, Études de la nature.

( 2 ) *Quidqu'd univerſaliter antiquitos tenuiſſes catholicam eccleſiam cognoverit, hoc tenendum firmiter quiſque decernat.* Vincentius Lyrin. in commonitorio.

*Traditio eſt, nihil quæramus amplius.* S. Chryſoſt. Hom. 4. in epiſt. ad Theſſal.

A

autres trois cents livres, j'ai compris que je ne parlerois pas à des hommes. J'attendois une assemblée qui vît le bien & qui voulût le faire. Le destin de la France, le génie de l'humanité ont formé l'Assemblée nationale, & cet oracle de Platon, *que les peuples seroient heureux quand les rois seroient philosophes, ou que les philosophes seroient rois*, va être enfin accompli. Plus de ces préjugés absurdes qui déshonoroient la raison, plus de ces institutions injustes qui enchaînoient la liberté. L'homme sera rendu à la nature. La loi, ouvrage de la volonté générale, commandera seule à la volonté de tous, & nos têtes, fieres de son honorable joug, le porteront avec d'autant plus de docilité, qu'elles sont faites pour n'en porter point d'autre.

La nouvelle constitution devant être fondée sur la vertu, l'Assemblée nationale flétrira sans doute le célibat, le plus ardent foyer de la corruption des mœurs. Elle a brisé le dernier anneau de la chaîne féodale ; elle affranchira encore la nature d'une plus honteuse & plus cruelle servitude, qui enchaîne ses plus indépendantes & ses plus nobles facultés, qui va chercher jusqu'au fond du cœur ses plus purs sentimens, pour les étouffer ou les empoisonner. Notre volonté foible & changeante n'est point faite pour des liens éternels. Ce que je veux à vingt ans, je ne le veux plus à trente. A trente ans je suis donc esclave, & vous ne voulez plus d'esclaves, même volontaires. Ils décoreroient mal le triomphe de la liberté. Vous purgerez une religion divine d'une ridicule superstition qui l'a trop déshonorée, & qui semble ne créer à ses ministres un fantôme de perfection que pour les dispenser de la vertu.

§. I^er. *Le Célibat forcé est contraire à la nature.*

L'homme physique a reçu de la nature des organes, à chacun desquels elle a attaché une destination particuliere. Tous se doivent un mutuel secours, & l'un ne sauroit refuser aux autres ses services, sans que toute la machine souffre de cette inaction. Voyez dans Buffon, dans les plus célebres médecins, par quelles cruelles maladies la nature venge ses plus douces lois méprisées. La liste en est immense, & leur caractere fait frémir. Dans les uns, c'est une mélancolie noire qui leur fait perdre la raison, ou qui les rend capables de tous les excès de la fureur & du fanatisme. C'étoit, d'après la peinture des historiens du temps, le caractere de Jacques Clément qui tua Henri III. Dans les autres, c'est une langueur qui les conduit infenſiblement à la mort. On connoît les fureurs utérines , & les indécences de leurs terribles accès. Voilà ce qu'il en coûte pour réſiſter à la nature. On me dira que ces maladies ne ſont pas ſi communes. La réponſe eſt facile ; c'eſt que de tous les célibataires qui vivent dans la ſociété , peu en effet ſont continens. Demandez aux médecins , ſi , malgré les précautions barbares employées pour les prévenir , ces maladies ne ſont pas plus fréquentes dans les cloîtres , ou plutôt dans ces tombeaux où la fauſſe prudence , quelquefois la barbarie des parens , preſque toujours une indiſcrete ſaillie de dévotion, enſeveliſſent tant de jeunes victimes toutes vivantes.

L'homme moral a un cœur ; il a beſoin d'aimer. Tandis qu'il trouve pour ſon intelligence des bornes qu'il ne ſauroit franchir , pour ſes forces corporelles une meſure qu'il ne ſauroit étendre , ſon cœur , qui brûle ſans ſe conſumer , qui s'anime de ſa propre ardeur , lui apprend que la faculté d'aimer eſt le caractere le plus diſtinctif de ſon ame. Plus active que les autres facultés , elle eſt la premiere éveillée. Le cœur , pour aimer, naît avant la raiſon. Dans l'enfance des ſens, il n'a pas beſoin de ce guide fidele , puiſque les paſſions ne ſont pas encore là pour l'égarer.

Le cœur étant fait pour aimer, voyons quel est l'objet que la nature lui présente. En considérant la différence essentielle des deux sexes, on le reconnoît sans peine. L'un, timide & foible, a besoin de protection. L'autre, courageux & robuste, a besoin qu'on lui plaise. L'un paroît fait pour l'activité, l'autre pour la vie sédentaire. La force donne à l'homme le moyen d'acquérir, la timidité inspire à la femme la vigilance qui conserve. C'est ainsi que ce mutuel besoin & cette dépendance réciproque, présentent aux cœurs un attrait pour s'unir, comme le plaisir en fournit un aux sens ; & le sentiment moral anoblissant l'instinct de l'amour, crée cette passion énergique & douce, qui embellit la vie, qui agrandit l'ame, lui inspire les vertus sublimes, les actions généreuses, les sentimens héroïques, quand la nature & la raison président à ses mouvemens & dirigent ses transports. A cette premiere effervescence succede une douce habitude : les soins d'une famille, l'éducation des enfans, leur tendresse, leurs talens, leurs vertus, remplissent l'ame d'un pere d'affections honnêtes, & la pénetrent du sentiment du bonheur ; & comme toutes les affections naturelles & sociales ont une origine commune, elles se fortifient les unes les autres. Le bon pere, qui

aime fa famille, ne fauroit être fans attache-
ment pour fes concitoyens, fans compaffion
pour les malheureux, tandis qu'un cœur qui fe
ferme aux plus doux fentimens de la nature,
s'ouvre difficilement à ceux de l'humanité.
Qu'on nous dife que le célibataire dégagé des
embarras d'une famille, exifte plus pour les
malheureux. L'expérience prouve le contraire.
L'avarice & la dureté font le caractere commun
des célibataires. La fuite du mariage, dit
faint Clément d'Alexandrie ( 1 ), conduit à la
mifanthropie, & éteint la charité dans les ames.
On ne me fera pas grace de l'exemple de Fénelon, dont l'ame puifoit tant de douceur & les
fentimens de la plus tendre humanité dans l'inti-
mité de fon commerce avec Dieu; de faint Vin-
cent de Paul, qui, fans famille, adopta tous les
pauvres, & fut heureux de cette adoption.
Fénelon étoit un ange, & les Vincents font rares.
La nature ne fait pas fes loit générales pour les
anges ou pour les prodiges.

C'eft ici que m'attendent les partifans du
célibat religieux. L'églife, difent-ils, ne reçoit
le vœu de continence que de ceux dont elle a
éprouvé les forces; & puis s'impofe le fardeau

---

( 1 ) Stromat. page 454, édition dn Louvre.

qui veut, & qui se sent capable de le porter.
Cruelle & fallacieuse dérision ! Sans parler de ce
canon, qui défendoit de voiler dorénavant les
vierges avant l'âge de dix ans, lorsque l'église
les consacre à quinze, qu'elle ordonne les sou-
diacres à vingt & un an, elle a, dites-vous,
éprouvé leurs forces & leur vertu. Quoi ! à cet
âge, qu'on peut regarder comme l'enfance du
citoyen, où les lois nous jugent incapables
d'user de nos facultés civiles, nous pouvons
aliéner la plus noble & la plus nécessaire de
toutes ! L'empereur Majorin a bien senti cette
contradiction, dans le bel édit qui fait tant
d'honneur à sa raison & à sa piété, par lequel il
défend de voiler les vierges avant l'âge de quarante ans (1). Ce prince n'est-il pas bien aussi
raisonnable que saint Basile, qui ordonne dans
son canon, qu'elles ne soient consacrées qu'à
seize ans, après, dit-il, beaucoup d'épreuves &
une longue persévérance dans la vertu (2) ?
Et quelles sont encore les épreuves pour les

_____

(1) Cependant les vierges ne faisoient point alors
de vœu ; elles n'étoient retenues que par la honte de
quitter leur état, regardé comme plus parfait, pour un
autre moins parfait.

(2) *Ea supra sexdecim annos nata & diu examinata
& probata.*

jeunes gens deſtinés aux autels ? Tranſportés des colléges dans les ſéminaires, comme des priſonniers qu'on enfonce dans des cachots plus noirs, ils tombent entre les mains des prétendus inſtituteurs, qui s'emparent d'eux comme d'une proie. Ces maîtres, ſouvent de mauvaiſe foi ( 1 ), toujours plus ignorans que s'ils ne ſavoient rien, travaillent avec zele à détruire en eux l'homme de la nature, pour former ce qu'ils appellent *l'homme de la grace.* Là, toute la ſcience eſt en mots, comme la vertu eſt en grimaces. On donne le change à la raiſon par de vaines diſputes. On abuſe le cœur par les ſentimens factices d'une fauſſe myſticité. Une morale farouche vous interdit les jouiſſances les plus ſimples, étouffe les ſentimens les plus naturels, dérobe ſur-tout avec ſoin à votre vue, le principal objet du ſacrifice, ou le peint

---

( 1 ) On ſera plus frappé encore de ces réflexions, ſi l'on fait attention que l'éducaion des clercs eſt preſque par-tout confiée aux ſulpiciens & aux lazariſtes, les plus fougueux de tous les intolérans, auxquels il n'a pas tenu ſous le miniſtère du cardinal de Fleury, obſédé par eux, que l'inquiſition ne s'établît en France, & que le royaume entier ne fût replongé dans les ténebres & dans tout le fanatiſme de la ligue. Voyez les Mémoires du maréchal de Richelieu.

d'odieuſes

d'odieuses couleurs. La pensée d'une femme est une souillure ; un regard est puni comme un crime. C'est ainsi que le bandeau sur les yeux, on conduit la victime à l'autel. Qu'arrive-t-il bientôt après ? Placé dans la société, le bandeau tombe, le jeune homme voit la nature. Une foule de sensations nouvelles, de sentimens inconnus, assiégent son ame. Il croit sortir une seconde fois du néant. Il apperçoit celle que Dieu lui destinoit pour compagne, & qu'une prudence perfide lui a si long-temps cachée avec tant de soin. Son cœur s'anime, il reçoit le feu céleste. Alors il sent le poids de ses chaînes ; elles l'accablent : il pleure, il s'indigne, il frémit de voir que par un vœu téméraire, dont le crime est à ceux qui l'ont surpris à son inexpérience, il ne peut plus obéir à la nature sans outrager la société, que désormais les plus doux sentimens seroient pour lui un poison amer, que pour lui les plus saintes affections s'armeroient de la pointe du remords, & que la vertu dans son cœur prendroit la noirceur du crime.

Pour moi, le ministere d'un évêque faisant l'ordination, m'a toujours imprimé un sentiment de douleur ou d'indignation. Comment, en pensant aux rudes combats que leur ont coûté des victoires souvent mal décidées, plus souvent

B

aux défaites honteufes qui ont fait leur mal-
heur s'ils étoient vertueux , qui ont achevé de
dégrader leur ame s'ils ne l'étoient pas ; comment peuvent-ils ouvrir à cette aveugle jeuneffe une carriere marquée fi fouvent par leurs
chutes & femée de tant de précipices ? C'eft
une lâcheté , une trahifon , pour révolter toute
ame droite & fenfible. Vous favez ce qu'il en
en peut coûter , un jour , de regrets & de larmes à ce jeune homme qui vient vous deman-
der à genoux des chaînes ; quels ravages caufe-
ront bientôt ces paffions , qui dorment encore
au fond de fon cœur , quand l'âge & les cir-
conftances les auront éveillées ; quel incendie
allumera peut-être une étincelle de ce feu qui ,
après avoir long-temps couvé fous la cendre ,
fe ranimera pour déshonorer fa vieilleffe & flétrir fes cheveux blancs ; & vous, cruel, vous
lui impofez ces chaînes pefantes ! Quoi ! en pen-
fant à ces peres avares ou dénaturés qui regar-
dent le fanctuaire comme une décharge de tout
ce qui les incommode dans leur famille , ou
qui , fe prévenant d'une prédilection capricieufe
pour quelques-uns de leurs enfans, d'une injufte
averfion pour les autres , offrent à Dieu le rebut
de leur tendreffe , & neconfervent de leur fang
que ce qu'il leur en faut pour conferver leur

nom & perpétuer leur mémoire, ne craignez-vous pas d'être les complices de leur avarice, de leur sacrilége, de leur barbarie? ne détestez-vous pas votre ministere?

J'aurai occasion de prouver bientôt que le vœu de célibat, à quelque âge qu'on le fasse, n'en est pas moins contraire à la nature & injurieux à Dieu.

§. II. *Le Célibat des Prêtres est nuisible à la société.*

Après avoir considéré le célibat religieux dans l'ordre de la nature, considérons-le dans l'ordre social.

Le mariage des prêtres procure sur-tout deux avantages à la société: premierement, le mariage introduit dans le clergé, le rendra à la patrie, & fera des prêtres autant de citoyens.

Lorsque les princes catholiques, sur-tout le roi de France, par le ministere de son ambassadeur Lansac & du Cardinal de Lorraine (1), demanderent au concile de Trente, dans un mémoire pressant & solidement raisonné, la li-

_____

(1) On sait que ce dernier ne soutint pas long-temps les intérêts de sa patrie, & qu'il se laissa bientôt gagner par les artifices & les promesses de la Cour romaine.

berté du mariage pour leur clergé, Pie IV, qui fiégeoit alors, apprenant qu'on difcutoit au concile l'article du mariage des prêtres, en témoigna fon mécontement aux légats, étant évident, difoit-il, que le mariage introduit dans le clergé, en tournant toute l'affection des prêtres vers leurs femmes, leurs enfans & leur patrie, les détacheroit de la dépendance du Saint-Siége ; que leur permettre de fe marier, c'étoit détruire la hiérarchie, & réduire le pape à être évêque de Rome (1). Le cardinal Carpy difoit auffi, que les prêtres une fois mariés, leurs femmes, leurs enfans, feroient autant d'ôtages de leur obéiffance à leurs princes, & que bientôt la puiffance du pape ne pafferoit pas les barrieres de Rome.

Frappé de cette grande confidération, le concile, où dominoit le parti des Italiens, fentit plus que jamais toute la fainteté du célibat religieux. On répondit aux princes qui demandoient le mariage des prêtres, pour remédier aux défordres du clergé ; » qu'il n'eft pas d'un » fage médecin de guérir un grand mal par un » mal plus grand ; que fi les prêtres font igno- » rans & débauchés, ou ne doit pas pour cela

_____

(1) Hiftoire du Concile de Trente, liv. 7. par Fra-Paolo.

» proftituer le facerdoce à des géns mariés ;
» que les papes l'avoient défendu , parce que
» le mariage étoit un état charnel , & qu'on ne
» pouvoit vaquer en même temps aux chofes
» du corps & à celles de l'efprit. «

Et l'incontinence , très-faints peres , n'eft-ce
pas un état charnel ? & le mariage, tout facrement, tout faint qu'il eft , d'après votre propre
doctrine, eft plus profane , plus déteftable que
l'ignorance & que le concubinage ! Des prêtres
ignorans & incontinens valent mieux que des
prêtres mariés , comme faint Pierre , & comme
les plus faints évêques de la primitive églife !
N'eft-il pas plus clair, qu'en cette importante
occafion , vous êtes infpirés par le pape, & non
par le Saint-Efprit (1) ?

» Il n'eft pas poffible, difoit Périclès , aux
» Athéniens , qu'on ferve avec autant de zele fa
» patrie, quand on n'a pas des enfans qui nous
» attachent à elle , & qu'on puiffe expofer pour
» fon fervice. « Si cela étoit vrai pour les Athéniens, combien eft-il plus vrai pour les prêtres

_____

(1) Les Efpagnols, qui ne croyoient pas encore fi
fermement à l'infaillibilité du pape, difoient à Trente,
que le Saint-Efprit arrivoit de Rome deux fois par fe-
maine dans la valife du courier. Hiftoire du concile de
Trente, liv. 6, par Fra-Paolo.

qui , foumis par une difcipline particuliere à un maître étranger, fe font trop fouvent montrés plus citoyens de Rome que de leur pays (1) ? Pie IV , & le cardinal Carpy ont prouvé mieux que pour moi , que pour l'intérêt de la fociété, il faut marier les prêtres.

Un fecond avantage du mariage des eccléfiaftiques , c'eft qu'il tarira une des fources de la corruption des mœurs. Le célibat , comme le prouve une obfervation conftante , ne devient plus commun dans un état qu'à mefure que les mœurs y deviennent plus mauvaifes.

» C'eft, dit Montefquieu , que le mariage n'a » que des peines pour ceux qui n'ont plus de fens » pour les plaifirs de l'innocence. Né de la cor-» ruption, par un retour naturel, il doit l'accroître » & la fomenter ; car c'eft une regle de la na-» ture , que plus on diminue le nombre des ma-» riages qui pourroient fe faire , plus on cor-» rompt ceux qui font déja faits. Moins il y a

---

(1) On en peut dire autant des cardinaux. Il eft facile de prouver que dans tous les temps ils ont vendu leur patrie aux intérêts de la cour de Rome; & il n'eft pas indigne de la fageffe de l'Affemblée nationale de repouffer à jamais de la France cette dignité vaine & coupable, un des moyens de corruption les plus fûrs dont dont l'églife romaine fe foit fervie.

» de gens mariés, moins il y a de fidélité
» dans les mariages, comme lorfqu'il y a plus
» de voleurs, il y a plus de vols (1). «

On peut fe faire une idée des affreux incon-
véniens du célibat religieux, par les loix féveres,
quelquefois atroces & cruelles, toujours violées,
fans ceffe renouvelées, pour réprimer les défordres du clergé, ou pour compofer avec eux,
quand on ne pouvoit les réprimer fans en crain-
dre de plus grands encore (2). » Quand le céli-
» bat, qui n'étoit qu'un confeil, dit encore Mon-
» tefquieu, devint une loi expreffe pour un cer-
» tain ordre de citoyens, il fallut chaque jour
» de nouvelles lois pour réduire les hommes à
» l'obfervation de celle-ci ; & conféquemment
» le légiflateur fe fatigua, & fatigua la fociété,
» pour faire exécuter aux hommes par précepte,
» ce que ceux qui aiment la perfection auroient
» exécuté d'eux-mêmes comme confeil. «

Rien ne fixa plus conftamment l'attention des
gouvernemens anciens que le mariage. C'eft le

---

(1) Efprit des Lois, tome 2.

(2) On alla jufqu'à prefcrire aux prêtres le concubinage. Les peuples ne vouloient recevoir pour pafteurs
que ceux qui avoient des concubines. On croyoit que
c'étoit le feul moyen de mettre à couvert l'honneur des
femmes. Nicolas de Clémangis, ann, 10, liv. 2.

principal objet de leur politique, & le chef-
d'œuvre de leur légiſlation. A Sparte, où la vieil-
leſſe avoit une eſpece de culte, tant les mœurs
étoient pures & belles, les jeunes gens étoient
diſpenſés du reſpeſt à l'égard d'un vieillard célibataire. Dercyllidas, qui avoit commandé les
armées avec tant de gloire, entrant au théâtre,
ſe plaignit d'un jeune homme qui ne ſe leyoit pas
devant lui : » Pourquoi, répondit le Spartiate,
» te rendrois-je cet honneur, puiſque tu n'as
» point d'enfans qui puiſſent un jour ſe lever
» devant moi (1) ? «

Les célibataires, à Lacédémone, étoient exclus
de certaines charges, de certaines cérémonies re-
ligieuſes. Ils n'aſſiſtoient point aux combats que
ſe livroient les jeunes filles à demi-nues. Les
magiſtrats pouvoient les contraindre à parcourir,
pendant les rigueurs de l'hiver, les rues de la
ville, tout nus, & chantant des chanſons à leur
déshonneur ; après quoi, ils étoient fouettés par
les femmes devant les autels de chaque temple,
où ils confeſſoient qu'ils méritoient le châtiment
qu'ils éprouvoient. Tout le monde ſait que le
principal objet de la cenſure, à Rome, étoit
de veiller ſur les mariages & de flétrir le célibat.

_____

(1) Plut. in Lyc. l. 1.

On

On admirera toujours les belles difpofitions des lois juliennes, qu'on peut voir dans Tacite.

Les anciens étoient donc bien éloignés de nos bizarres idées fur la virginité : bien loin de décerner des couronnes dans un autre monde, à ceux dont le principal mérite feroit de refter inutiles à celui-ci, dans bien des pays c'étoit un dogme de la religion que ceux qui mouroient fans laiffer d'enfans, ne feroient jamais reçus dans l'élyfée ( 1 ). Qu'on ne cite pas les veftales & certains prêtres condamnés à la continence. Le petit nombre de ces prêtres eunuques prouve affez que c'étoit moins par refpect pour la virginité que pour accréditer quelque dieu par un culte extraordinaire, qu'ils renonçoient à leur virilité. Pour les veftales, il n'y en avoit que fept dans tout l'empire romain. Après avoir fervi trente ans dans le temple de Diane, elles pouvoient fe marier ; & pourtant il étoit fi difficile de compléter ce nombre, que Tibere décerna des honneurs publics à un citoyen qui lui vint offrir fes deux filles pour les confacrer à la déeffe. Je répondrai d'ailleurs, comme Augufte aux chevaliers Romains qui le

_____

(1) Voyez dans le Dictionnaire encyclopédique, article *Célibat*, la prière de Pémandre, en faveur de ceux qui mouroient fans enfans.

C

preſſoient de révoquer ſes lois contre les célibataires : » Chacun de vous a une compagne de ſa
» table & de ſon lit, & vous ne cherchez que la
» paix dans vos déréglemens, également mauvais
» citoyens , ſoit que tout le monde vous imite ,
» ſoit que perſonne ne ſuive votre exemple :
» me citerez-vous les vierges veſtales ? Si vous
» ne gardez pas la continence , il faut donc vous
» enfouir comme elles ( 1 ).

Un troiſieme motif de ſupprimer le célibat
religieux , c'eſt l'intérêt de la population. Telle
fut la manie de la virginité , que dès ſa naiſſance
même, elle menaça d'être le tombeau de l'eſ-
pèce humaine.

Il y avoit dans les ſeuls monaſteres de Ta-
benne cinquante mille moines ( 2 ). Dans quelques villes, on comptoit plus de monaſteres que
de maiſons. La ville d'Oxyringue ſe félicitoit
de poſſéder dans ſon ſein vingt mille vierges
& dix mille religieux. Ruffin nous apprend que
dans le même temps les déſerts de l'Egypte
étoient plus peuplés d'anachoretes que de bêtes
fauves, & nous entendons ſaint Ambroiſe gour-
mander la lâcheté de ſes concitoyens , en leur

( 1 ) Dion. liv. 1 , chap. 7.

( 2 ) Saint Jean Clymaque , q. 5 , page 116.

reprochant que l'Egypte & l'Orient confacroient plus de vierges qu'il ne naiffoit d'hommes en Italie ( 1 ). L'Hiftoire eccléfiaftique nous offre un trait bien frappant du fanatifme de la virginité. Saint Hilaire, évêque de Poitiers, étant au camp de Syrie, où il combàttoit courageufement les Ariens, reçut une lettre de fa femme, qui lui donnoit avis qu'un feigneur diftingué recherchoit en mariage Abra fa fille unique. Hilaire, effrayé de cette nouvelle, écrivit à fa fille qu'il lui avoit trouvé un époux plus illuftre & plus aimable. C'étoit un tombeau qu'il lui deftinoit pour lit nuptial. Il ne la tua pas lui-même ; mais il pria Dieu, pendant trois jours, de la faire mourir, & Abra mourut fans avoir connu l'hymen ( 2 ). Bientôt les hommes auroient difparu, fans laiffer de traces de leur

---

( 1 ) Les meres furent obligées de défendre à leurs filles d'aller aux inftructions de faint Ambroife.

( 2 ) Si on pouvoit rire après un trait pareil, j'ajouterois que la femme de faint Hilaire, ravie de la vertu miraculeufe des prieres de fon mari, conçut un goût fi vif de la béatitude célefte, qu'elle le conjura de lui procurer auffi la mort. Le faint évêque pria, & fa femme mourut, au grand contentement des deux époux. Cette hiftoire réjouiffoit beaucoup Montaigne. Voyez le tome 1 de fes Effais.

exiſtence, comme ſi la famine ou la peſte eût
ravagé le monde, ou qu'un tremblement de terre
eût englouti ſes habitans. Heureuſement l'en-
thouſiaſme n'a qu'un temps, & la nature eſt éter-
nelle. Pourtant, quand on conſidere ce nombre
prodigieux de célibataires que la religion con-
ſacre encore aujourd'hui, on voit bien que cette
maladie eſt reſtée dans le corps politique,
comme un poiſon lent qui l'affoiblit & qui
mine inſenſiblement ſes forces. Beaucoup d'autres cauſes, ſans doute, ont contribué à déſoler
la Sicile, l'Italie & l'Eſpagne, dont les campa-
gnes, autrefois ſi fertiles & ſi peuplées, ne pré-
ſentent plus au voyageur conſterné, que des
plaines incultes, des marais infeas, des men-
dians & des moines. Mais en les voyant hériſ-
ſées de monaſteres, & ſemées de ces vaſtes tombeaux où vont s'enſevelir des générations tout
entieres, peut-on douter que le célibat religieux
ne ſoit une des principales cauſes de la dépopu-
lation de l'Europe, qui ne nous offre plus que
les débris de ces peuples immenſes dont Céſar
& Tacite nous font le dénombrement dans
leurs hiſtoires. Les habitans des grandes villes
nous diront qu'il y a encore aſſez d'hommes,
ſur-tout en France : mais ils ſeront démentis
par les plaintes des provinces éloignées, qui

réclament des bras pour l'agriculture. D'ailleurs, dans un état mal gouverné, il y a toujours trop de monde, tandis qu'un bon gouvernement regarde toujours les hommes comme sa principale richesse. Cette Rome, qui, sous les consuls, nourrissoit un million de citoyens, sous les papes laisse mourir de faim cent vingt mille habitans. Il y a une regle facile & sure, dit J. J. Rousseau, pour juger de la bonté des gouvernemens ; c'est leur population. Dans tout pays qui se dépeuple, l'état tend à sa ruine ; & le pays qui peuple le plus, fût-il le plus pauvre, est toujours le mieux gouverné (1).

_____

(1) On pourroit m'objecter ici les réglemens des gouvernemens anciens, pour prévenir l'inconvénient d'une trop grande population : on en voit les causes dans le principe & la forme de ces gouvernemens : Montesquieu les développe dans son Esprit des Lois ; elles nous sont étrangeres ; & puis Platon, qui, dans sa République, veut qu'on fixe le nombre des enfans que tout citoyen pourra avoir ; Solon & Lycurgue qui permettent à un pere d'exposer les enfans que leur pauvreté ne leur permet pas d'élever, lorsqu'ils condamnent le célibat ; que prouvent-ils autre chose, sinon que de toutes les institutions qui peuvent prévenir l'excès de la population, le célibat est la plus détestable. L'exposition des enfans fut toujours rare dans les anciennes républiques, tant que les mœurs subsisterent ; & même cet

Voyons ce que la France gagneroit au chan-
gement qu'elle peut fe promettre de la fageffe
de l'Affemblée nationale. Sans parler des autres
eccléfiaftiques, que l'on pourra, fi l'on veut,
ajouter à ce calcul, nous avons quarante mille
curés. S'ils étoient mariés, la France auroit
quarante mille familles de plus, au moins quatre-
vingt mille enfans, qui donneroient par an
cinq mille citoyens (1). Si nous pouffions le
calcul d'année en année, nous verrions ce que
la France a perdu d'hommes, depuis l'inftitution du célibat religieux : nous verrions que
les guerres les plus fanglantes ne lui ont pas
enlevé autant de citoyens ; & pourtant dix mille
hommes tués dans une bataille ont toujours
été regardés comme une perte pour l'état ; &
pourtant l'humanité pleure les plus brillantes
victoires, comme des fléaux défaftreux.

---

ufage, quoique barbare, tournoit fouvent au profit de
la population. Il pouvoit engager plus de gens à fe
marier, en ôtant les inquiétudes d'une famille trop
nombreufe ; & telle eft la force de l'affection naturelle,
que peu d'hommes avoient le courage, lorfque le moment arrivoit, de faire exécuter leur premiere réfolution.
Cette réflexion eft de M. Hume.

(1) L'abbé de Saint-P'erre, Mémoire fur le Célibat
religieux, Œuvres politiques, tome 2.

Ce qui caractérise encore mieux l'injustice &
l'absurdité de cette loi, c'est que, tandis qu'elle
paroît ne peser que sur les prêtres, elle étend
réellement ses chaînes sur des individus qui lui
paroissent absolument étrangers. La nature en
faisant naître, au moins dans nos climats, autant
de femmes que d'hommes, manifeste assez ses
intentions. On ne sauroit donc commander le
célibat à une certaine classe de citoyens, sans
y condamner un égal nombre de femmes ; &
que deviennent, dans l'âge des passions, celles
qui se trouvent, par nos superstitieuses institutions, séparées de celui que la nature destinoit
peut-être à leur bonheur ? Si elles ont la force
de défendre leur personne contre les attaques,
peuvent-elles toujours défendre leur cœur contre
les desirs ; & dans cette lutte des desirs & du
cœur, que deviendra la vertu ? J'ai cité, en
commençant, la réflexion énergique & vraie
de M. Bernardin de Saint-Pierre. Malgré la triste
ressource des cloîtres, les plus petites villes de
province n'offrent-elles pas un grand nombre
de jeunes personnes sans espoir d'établissement,
ou dont les plus belles années se flétrissent dans
une triste virginité, qui les expose aux combats
des sens & aux surprises de la séduction ? N'est-il
pas de l'humanité, quand ce ne seroit pas un

devoir de la juſtice, d'épargner à leur foibleſſe
tant d'efforts, à leur vertu tant de dangers, à
l'amour des parens tant de follicitude, quelquefois tant de larmes qui abreuvent de douleur
le cœur maternel, & changent en amertume
les délices de la tendreſſe ?

L'abbé de Saint-Pierre, dont l'ame ſi bonne
eut tant de beaux rêves, ſe complaiſoit dans un
calcul qui donnoit à la France quarante mille
mariages en général mieux réglés, quarante mille
femmes en général plus heureuſes, au moins
quatre-vingt mille enfans mieux élevés. L'éducation plus févere & plus foignée des prêtres, la
gravité & le refpeɛt de leur état, la ſimplicité
des mœurs champêtres, une fortune médiocre
qui écarteroit de leur maiſon les vices de l'opu-
lence & ceux de la miſere, enfin l'exemple du
clergé réformé, lui donnoient cette raiſonnable
aſſurance. Depuis que le mariage eſt introduit
dans ce clergé, on n'y entend point parler de
ces procès qui diviſent les autres familles, &
qui ſcandaliſent la ſociété.

Le fort des enfans qui ne recueillant, dit-on,
point de patrimoine, reſteroient expoſés, par la
mort de leurs peres, à tous les beſoins & à tous
les dangers de l'indigence, eſt une objeɛtion
que je ne dois pas diſſimuler. Mais d'abord,
combien

Combien de familles honnêtes, dans la société, que le chef ne soutient que par les revenus viagers d'un emploi souvent incertain & précaire? Combien de mariages de moins pour la France, si cette objection prévaloit contre les ecclésiastiques ? De pareilles considérations ne doivent point l'emporter sur les lois de la nature & sur l'intérêt des bonnes mœurs. Ensuite les dots pourroient servir à commencer un fonds que de sages & modiques économies augmenteroient avec les années, & que des successions pourroient accroître. Je réponds encore qu'un prêtre a souvent du bien de famille ; qu'on ne peut admettre, suivant les canons, aux ordres sacrés que ceux qui présentent un titre patrimonial. D'après cela, ces inquiétudes tant objectées doivent cesser.

On sait que les vrais besoins sont aisés à satisfaire, que les besoins nés du caprice & des conventions sociales sont les seuls qui rendent malheureux. Il seroit aisé de faire des regles qui empêchassent les bénéfices de se fixer dans les mêmes familles. Cet inconvénient n'est pas remarqué chez les réformés ; & si vous jugez que les résignations ne sont pas un abus, pourquoi la tendresse paternelle n'auroit-elle pas le même droit que le népotisme, si en

D

vigueur parmi nos eccléfiaftiques, d'autant plus
que le pourvu par réfignation eft foumis à des
examens qui pourroient être plus féveres ? Si
vous rendez au peuple fon influence dans le
choix de fes pafteurs, quel motif d'émulation
& de vertu pour les enfans, de vigilance & de
zele pour le pere ! Il travaillera avec plus de
foin à cultiver dans fes enfans les talens & les
qualités qui peuvent leur mériter la préférence,
& auxquels il doit lui-même fon élection. Sa
propre réputation devenant néceffaire à leur
avancement, elle lui fera plus chere. L'affection des peuples étant le plus sûr comme le
plus beau patrimoine qu'il doit leur laiffer, il fera
plus d'efforts pour la mériter. C'eft ainfi que, par
un accord néceffaire des affections naturelles & des
affections fociales, la tendreffe paternelle tournant
au profit des peuples, en multipliant les rapports
& les liens du miniftre, multipliera fes vertus.

J'entends dire par tous les partifans du célibat religieux, que les filles des miniftres peu-
plent les lieux de débauche à Londres. C'eft un
menfonge démenti par tous ceux qui ont vécu
en Angleterre : ils louent l'éducation des filles
des miniftres, qui font recherchées très-fouvent
pour des établiffemens au-deffus de leur condition & de leur fortune, ou pour faire l'éduca-

tion des demoiselles des plus grandes familles.
Quand cette iuculpation seroit fondée, ce
désordre n'auroit-il pas sa source dans un vice
particulier des mœurs anglaises, puisqu'il n'est
remarqué ni en Hollande, ni en Suisse, ni dans
cette grande partie de l'Allemagne qui suit la
réforme. On tire encore une objection de l'intérêt des pauvres, que des économies devenues
nécessaires priveroient des secours de la charité.
Cette objection est nulle, depuis les nouvelles
dispositions de l'Assemblée nationale ; & puis si
l'on fait de sa personne autant de bien que de
son argent, quel zele, quels services n'atten-
dront pas les peuples, d'un ministre pere de
famille, dont le cœur sera préparé à tous les
sentimens de la bienfaisance par toutes les
affections de la nature ! Donner de l'argent n'est
pas le seul moyen de servir les malheureux ;
l'active bienfaisance en connoît bien d'autres
plus chers à l'humanité : toutefois je n'ai jamais
plus vivement senti la nécessité de permettre le
mariage aux ecclésiastiques, que depuis la révo-
lution qui les prive des moyens de se faire par
les bienfaits une famille adoptive des malheureux confiés à leurs soins. N'est-ce pas pour
l'Assemblée nationale un devoir de justice &
même d'humanité, de permettre à la nature

de combler le vide dans leurs ames , & de les dédommager des pertes de la charité.

Rien ne doit donc s'oppofer à la réforme que nous demandons : tout , au contraire , la follicite , & j'ofe dire que tout nous la promet. » Le défaut de la politiqne du bon abbé de » Saint-Pierre , dit J. J. Rouffeau , c'étoit de » chercher un petit remede à chaque mal par- » ticulier. « Si c'eft là pourquoi l'on dit qu'il rêva toujours , la politique de l'Affemblée natio- nale , qui remonte à la fource commune de tous les maux, & qui les guérit tous à-la-fois , nous perfuade que nous ne rêvons pas nous-mêmes.

### §. I I I. *Le Célibat forcé n'a pas fa fource dans la Religion.*

Il paroît bien inutile de prouver que le céli- bat forcé contraire à la nature, funefte à la fo- ciété, n'a pas fa fource dans la religion. Je le ferai pourtant , pour la venger de la fuperftition & des paffions qui, de tout temps, ont em- prunté fes traits pour fe rendre refpeftables aux hommes.

Ce n'eft pas dans l'ancien-teftament qu'on ofera chercher des témoignages en faveur du célibat. Mourir fans avoir été marié , étoit un

opprobre & le plus grand des malheurs. La fille
de Jephté, victime du vœu téméraire de son
pere, envisage la mort d'un œil tranquille;
mais elle demande deux mois pour aller sur les
montagnes pleurer sa virginité. On sait assez
que les patriarches, que David, que Salomon
ne songeoient guere à honorer Dieu par la continence (1).

On n'invoquera pas avec plus de succès
l'évangile. Pas un mot en faveur de la virginité : tout, au contraire, annonce la prédilection
de Jesus-Christ pour le mariage. Ses comparai-
sons les plus familieres pour figurer à ses disci-
ples le royaume des cieux, c'est tantôt celle
d'un pere de famille, tantôt celle d'un époux.
Ce festin, qui est l'image de la béatitude céleste,
on n'y est admis qu'avec la robe nuptiale.

---

(1) On pourra tirer un argument pour la virginité,
du troisieme livre des Rois. L'historien sacré raconte que
David accablé de vieillesse, ne pouvant plus trouver la
chaleur sous les couvertures dont on le chargeoit, on
mit dans son lit la plus belle fille d'Israël, afin que,
dormant sur le sein du roi, elle réchauffât son sang
glacé par l'âge. Il est prouvé par le verset 5, qu'elle
sortoit vierge du lit du prophete ; mais nos adversaires
eux-mêmes ne regarderont probablement pas cet argument
comme victorieux.

Enfin, n'eft-ce pas dans le difcours de la mon-
tagne, où Jefus-Chrift développe en Dieu toute
fa doctrine, prefcrit tous les préceptes, indique
tous les confeils de la plus difficile perfection,
qu'il eût dû commander ou confeiller le célibat, s'il en avoit une idée fi fublime? Je n'ignore pas les paffages que les partifans de la continence religieufe appellent à l'appui de leur
opinion; mais il feroit trop long de rapporter
toutes les interprétations différentes que l'on a
données à ces textes, & dont les plus communes, comme les plus raifonnables, font étrangeres à la virginité. Cette diverfité feule fuffit
pour démontrer que ces paffages ne peuvent
fervir de bafe à une inftitution fi peu dans
l'ordre de la nature, qu'un oracle clair & in-
conteftable pourroit feul l'autorifer; & pour ré-
futer tous ces frivoles argumens par une autorité que nos adverfaires ne récuferont pas,
faint Paul, en confeillant la virginité, déclare
qu'il parle en fon nom, & qu'il donne un confeil que Jefus-Chrift n'a jamais donné : *De vir-
ginibus autem præceptum Domini non habeo,
confilium autem do tanquam mifericordiam à Do-
mino confecutus.* Et plus bas : *Secundum meum
confilium.* Qu'on nous dife après cela que Jefus-
Chrift a recommandé la virginité. Argumenter

avec les peres, en faveur du célibat, de ce que Jefus-Chrift eft né d'une vierge, c'eft ne pas faire attention qu'une naiffance ordinaire eût affoibli la foi de l'Incarnation. Si Jefus-Chrift témoigna de la prédilection pour faint Jean, c'eft que la jeuneffe, qui embellit l'innocence, & que la pureté du cœur embellit à fon tour, infpire un intérêt plus doux, en ajoutant aux charmes des vertus qu'elle préfente, l'efpérance des vertus qu'elle promet. La preuve que Jéfus-Chrift ne prétendoit pas honorer par cette prédilection la virginité, c'eft qu'il a fait faint Pierre prince des apôtres, quoiqu'il eût une femme & des enfans.

Quoi de plus immoral que de voir faint Cyprien, Tertulien, faint Auguftin, & fur-tout faint Jérôme, exhorter les filles au célibat, par la confidération des embarras du mariage, des incommodités de la groffeffe, des douleurs de l'enfantement, des dégoûts, des follicitudes qui accompagnent l'éducation des enfans, du deuil enfin où les plongeroit la perte de ces objets de leur tendreffe, ou celle d'un époux chéri, qu'une mort trop prompte raviroit à leur amour? C'étoit bien la peine de les fouftraire aux maux de la nature, auxquels la vertu attache fes plus douces récompenfes, pour leur

impofer des privations mille fois plus pénibles,
pour les affujettir à ces macérations cruelles, à
ces auftérités bizarres qui appellent fouvent &
qui fortifient l'ennemi qu'on vouloit détruire
par leur moyen. Voyez cet anachorete, au milieu des vaftes folitudes de l'Egypte, feul &
plongé dans l'amertume, il eft affis fur des fa-
bles brûlans. Un fac hideux couvre fes mem-
bres fales & livides. Il pleure le jour, il pleure
la nuit : fes yeux, créufés par la faim, luttent
contre le fommeil qui les affiége ; & s'il eft
forcé de céder un inftant à la néceffité du repos,
il applique, fur la terre toute nue, fes os dé-
charnés. Il n'a pour fociété que les fcorpions,
& il eft au milieu des danfes des jeunes filles :
il n'entend que les hurlemens des monftres, &
la douce voix des fyrênes retentit dans fon ame.
Les jeûnes ont pâli fon front, & les defirs en-
flamment fon cœur dans un corps glacé. Il eft
mort, & les paffions brûlent fon cadavre (1).

---

(1) *O quoties ego in eremo conftitutus & in illâ vaftâ*
*folitudine quæ folis exurfa ardoribus horridum monachis*
*præftat habitaculum , putabam me Romanis intereffe deliciis !*
*fedebam folus qui amaritudine repletus eram. Horrebant facco*
*membra deformia, & fqualida cutis fitum æthiopicæ carnis obdu-*
*xerat. Quotidiè lacrymæ, quotidiè gemitus; & fi quando pugnantem*
*fomnus oppreffiffet, nudâ humo offa vix cohærentia collidebam.*

Je

Je ne rapporterois pas les autres argumens des peres en faveur du célibat, fi je ne favois que la raifon aime à voir la folie.

Ils prouvent que le célibat eft préférable au mariage, parce que les hommes naiffent vierges & non mariés ( 1 ). Saint Jérôme voit dans

---

*Ille igitur ego qui ob gehennæ metum tali me carcere damnaveram, fcorpionum tantùm foc'us & ferarum, fæpè choris intereram puellarum. Pallebant ora jejuniis & mens defideriis æftuabat in frigido corpore, & ante hominem fua jam carne præ mortuum, fola libidinum incendia bullabant. Memini me clamantem diem cum nocte junxiffe, nec primo pectoris ceffaffe verberibus quam rediret tranquillitas mea. S. Hieronym. epift. ad Euftochium.*

( 1 ) Ils ignoroient fans doute que les premiers hommes, en fortant des mains de Jupiter, n'étoient point, comme aujourd'hui, partagés en deux fexes différens; que chacun les réuniffant tous deux, & trouvant en lui-même l'objet de fes defirs & la facilité de les fatisfaire, rien ne manquoit à leur bonheur : mais ils ne purent fupporter la félicité fuprême; i's fe révolterent contre leur bienfaiteur; & Jupiter, pour les punir, fépara les deux fexes. Ce tout fi parfait fe décompofa alors en deux êtres remplis d'imperfections : de là la différence des hommes & des femmes; mais le fouvenir de leur bonheur reftant toujours gravé dans leurs ames; de là l'attrait qui les porte à s'unir, & le bonheur qui naît

E

l'ânon que monta Jeſus-Chriſt dans ſon humble
triomphe , la figure de la virginité. En effet , il
eût bien monté un âne, s'il eût plus honoré le
mariage que le célibat. De ce que ſaint Paul
nous dit qu'il faut prier ſans ceſſe , ce même
pere conclut qu'il ne faut jamais ſe marier,
parce que le temps donné au devoir conjugal
ſeroit un temps ravi à la priere. A ce compte ,
il ne faut ni manger, ni dormir ; car en man-
geant & en dormant, on ne prie pas non plus ,
au moins comme l'entend ſaint Jérôme , bien
éloigné du ſens de ſaint Paul, qui ne veut dire
autre choſe , ſinon que toutes nos actions doivent
être faites dans la vue de plaire à Dieu. Il eſt
vrai que ce ſaint docteur, qui, dans ſes décla-
mations contre le mariage, attribue ſon origine
au péché d'Adam , ne pouvoit pas regarder
l'acte conjugal comme une priere agréable à
Dieu. Eſt-ce-là l'idée que nous donnent du mariage les paroles ſublimes de ſon inſtitution
dans la Geneſe, l'évangile qui le ſanctifie par

─────────────────────────────

de leur union, tandis qu'en vivant ſéparés, ils ne forment que des parties iſolées & imparfaites.

Les peres, qui ont pris ſi avidement les rêves méta-
phyſiques de Platon , auroient bien dû lui emprunter
auſſi cette charmante allégorie de l'amour.

un sacrement, saint Paul qui l'appelle le symbole de l'union de Jesus-Chrift avec l'églife ? Qui ne riroit pas, entendant faint Ambroife prouver que l'apôtre défend le mariage aux évêques, parce qu'il dit qu'un évêque doit avoir, & non pas qu'il doit faire des enfans obéiffans : *Habentem enim dixit non facientem filios ?* Avec un efprit moins prévenu, au lieu de voir dans le précepte de faint Paul la défenfe du mariage, il auroit reconnu l'expreffion de la modeftie, qui ne permettoit pas un autre langage. Enfin, qu'on life tout ce que les peres de l'églife ont écrit pour le célibat, on ne rencontrera que de ridicules myfticités, que des allégories forcées, que de fauffes interprétations de faint Paul & de Jefus-Chrift. J'en citerai un exemple, pour donner une idée de leur logique. Jefus-Chrift, comparant l'économie de la vie préfente avec celle de la vie future, dit que les enfans de ce fiecle s'uniffent par le mariage ; mais que ceux qui auront part au fiecle à venir, n'auront pas befoin de fe perpétuer par la génération, parce qu'ils ne mourront point, & qu'ils feront égaux aux anges. On a tiré de ce texte des conféquences en faveur du célibat. De pareils argumens ne veulent point être réfutés.

Mais c'eft fur-tout faint Paul qu'on nous donne

comme le panégyrifte de la continence. Je con-
viens qu'il en fait l'éloge. Voyons pourquoi,
comment & à qui il l'a recommandée. Le motif de ce confeil, qui eft même dans l'apôtre
plutôt un vœu qu'un confeil, ce font les perfé-
cutions qui alloient affliger l'églife : *Exiftimo hoc
bonum effe propter inftantem neceffitatem.* La religion, née du fang de Jefus-Chrift, devoit
être cimentée par le fang des apôtres & des
premiers chrétiens. Que pouvoit leur confeiller
faint Paul, finon de contracter le moins qu'ils
pourroient des engagemens, qui, en rendant
leurs facrifices plus pénibles, rendroient auffi
leur victoire plus difficile. La tendreffe d'une
époufe le plus fouvent païenne, l'amour des
enfans, tous les fentimens de la nature, auroient
été pour eux une épreuve plus terrible que la
cruauté des tyrans. Nous avons déja obfervé
que faint Paul, en donnant ce confeil, déclare
qu'il vient de lui, & non de Jefus-Chrift ; & il
invite à cette perfection ceux qui en font capables. Il ordonne aux autres de fe marier, pour
ne point s'expofer aux tentations & aux chutes
inévitables. Il remarque que chacun a reçu de
Dieu un don particulier, avec lequel il peut
arriver au falut ; que le don de continence eft
rare. Avec quelle févérité il prefcrit aux époux

le devoir réciproque , ne leur permettant pas
de s'en abſtenir, ſinon pour un temps très-court,
& de leur mutuel conſentement : *Propter breve
tempus , & iterum revertemini in idipſum*. Apprenant que les veuves ſe dérangeoient, & four-
niſſoient aux païens une occaſion de calomnier
l'égliſe, il leur ordonne, dans ſon épitre à Timo-
thée , de ſe remarier ( 1 ). Qu'eût-il dit , s'il eût
pu être le témoin des affreux déſordres nés du
célibat religieux , & qui ont toujours été la plus
honteuſe & la plus incurable plaie de l'égliſe ?
Auroit-il commandé le célibat à trois cent mille
perſonnes en France ? Eſt-ce dans ſa doctrine
qu'on a trouvé au cinquieme ſiecle le fonde-
ment de cette loi plus féconde en ſcandales ,
qui ſéparoit les prêtres mariés de leurs femmes,
par les excommunications , par la mort même,
malgré Jeſus-Chriſt qui défend de ſéparer ce
que Dieu a uni ? Quelle inconſéquence de laiſ-
ſer ſubſiſter le mariage , & de lui interdire ſa
fin principale ! d'honorer le mariage , & de flétrir ſon uſage des infâmes noms d'adultere &
de concubinage ; tandis que ſaint Paul nous
aſſure que nous ſerons ſauvés par l'uſage du

_____

( 1 ) Il défend de conſacrer les veuves avant l'âge de
ſoixante ans.

mariage ! Quelle injuftice , puifque le joug eft
impofé fur les deux têtes , d'en décharger l'une
pour en laiffer l'autre accablée ! La dévotion
du mari qui s'engage à la continence , la
violence d'un évêque qui l'y force, éteint-
elle dans la femme délaiffée les defirs qui la
tourmentent ? ne la laiffe-t-elle pas livrée à
tous les dangers que faint Paul avoit fi à cœur
d'épargner à fa foibleffe ? On frémit , quand on
voit dans l'hiftoire eccléfiaftique tous les défordres , tous les fcandales qu'a produits cette
odieufe loi ; défordres qu'atteftent trop bien les
précautions honteufes qu'on fut obligé de pren-
dre pour les prévenir ( 1 ).

§. I V. *Le vœu du Célibat eft injurieux à Dieu.*

Au langage de faint Paul & de la raifon , que
répondent les défenfeurs du célibat religieux ?
que fi faint Paul n'a pas fait une loi de la continence , l'églife a pu l'établir ; que fi faint Paul
nous apprend que le don de continence eft rare,
l'églife nous dit que Dieu l'accorde à ceux qui

---

( 1 ) On ordonna aux prêtres & aux évêques d'avoir
toujours avec eux un clerc *furveillant* , qui mangeoit à
leur table , & couchoit dans leur chambre.

le demandent. Et moi je réponds que l'églife n'a pas le droit de transformer en précepte un fimple confeil ; je réponds que Dieu n'eft tenu de nous accorder que les dons néceffaires au falut ; que le don de continence n'étant point néceffaire, Dieu ne le doit à perfonne ; que fi nous l'avons rendu indifpenfable par notre vœu, tant pis pour nous, puifque nous nous fommes placés dans le danger, malgré la voix de Jefus-Chrift, qui nous dit : *Qui aime le danger, y périra.* Je dis enfin, que le vœu eft abfürde & injurieux à Dieu ; abfurde, parce qu'il enchaîne le corps fans enchaîner les defirs, qu'ainfi il ne fert qu'à mettre notre cœur en contradiction avec nos devoirs. Ayant contracté en naiffant l'obligation de faire le bien fuivant nos moyens, fi c'eft là ce que commande le vœu, il eft fuperflu. S'il nous impofe d'autres obligations que la nature, ou nous les rempliffons pour elles-mêmes, & le vœu eft encore fuperflu ; ou nous les rempliffons pour le vœu, & nos actions fans liberté font auffi fans mérite. Je foutiens enfin, que le vœu de célibat eft injurieux à Dieu, même fuivant la morale de la théologie ; car l'homme, dit le Deutéronome après la raifon, ne peut vouer que ce qui eft en fon pouvoir. Or le don de continence n'eft pas en notre pouvoir ; il est à Dieu qui le donne ou qui le refuse suivant sa volonté & sa sagesse. Le vœu donne à Dieu des lois ; il le force de nous donner ce qu'il ne nous doit pas; il lui prescrit la maniere de nous sauver; il le rend esclave de nos caprices & de nos bizarreries. C'est Dieu que le vœu de continence enchaîne, & non pas nous, puisque ce don une fois accordé, le célibat est pour nous un état ordinaire, & par conséquent le vœu de continence est injurieux à Dieu ? Enfin, ou nous pouvons nous passer du mariage, alors où est le mérite ? ou nous ne le pouvons pas, & c'est le cas où saint Paul nous ordonne de nous marier.

Nos adversaires seront bien étonnés, si je leur prouve, par saint Paul lui-même, & par les plus anciens des saints peres, qu'un évêque peut se marier & user des droits du mariage. En faisant l'énumération des qualités nécessaires à un évêque, l'apôtre dit qu'il doit n'avoir qu'une femme, *unius uxoris virum* ; c'est-à-dire, qu'il ne doit pas se marier deux fois. Car c'est le sens le plus naturel de ce passage qui a fait naître depuis la doctrine sur les secondes noces, regardées bientôt après comme des adulteres. Je sais qu'on entend cet endroit de saint Paul d'un mariage contracté avant l'ordination ;

mais

mais j'ai pour garans du fens que je préfere, faint Clément, qui réfute par l'autorité de ce paffage des hérétiques ennemis du mariage : » Que diront à cette loi de l'apôtre, dit » faint Clément d'Alexandrie, ceux qui déteften<sup>t</sup> » le mariage ? que diront-ils, en voyant qu'il » ordonne de choifir pour gouverner l'églife, un » homme qui a déja appris à gouverner fa fa- » mille ? Quiconque n'a qu'une femme, qu'il » foit prêtre, diacre ou laïque, qu'importe, » pourvu qu'il ufe du mariage d'une maniere » irrépréhenfible, il fera fauvé par la procréa- » tion des enfans (1). « Avant que faint Jérôme déclamât contre le mariage dans fon défert, faint Chryfoftôme, à Conftantinople, en préconifoit la fainteté d'une maniere qui prouve bien notre thefe : » Pourquoi, difoit-il, l'apôtre a-t-il » cité l'évêque de préférence, en parlant du » mariage ? Il a voulu fermer la bouche aux » hérétiques qui devoient le condamner un jour. » Il vouloit leur montrer que bien loin d'être » criminel, il eft fi honorable, qu'il peut s'allier » aux auguftes fonctions du miniftere, & s'af- » feoir fur le trône de l'églife. «

Si du temps de faint Chryfoftôme on eût

---

(1) Strom. t. 3, p. 422.

F

forcé les prêtres mariés de quitter leurs femmes, si l'on eût mieux aimé tolérer, comme le concile de Trente, des prêtres incontinens, que de *proftituer le facerdoce aux gens mariés*, cet éloquent raifonnement de faint Chryfoftôme, que feroit-il autre chofe qu'un ridicule fophifme, dont fes adverfaires auroient pu tirer un avantage qui fixoit la victoire de leur côté, & confondoit les catholiques.

Si on ne croyoit pas, dans la pureté primitive du chriftianifme, que le célibat étoit une condition néceffaire au facerdoce, on imagine bien que la loi qui féparoit les prêtres mariés de leurs femmes, n'étoit point encore en vigueur. Les canons des apôtres, le recueil le plus complet, felon M. Dupin, de la difcipline des premiers fiecles, prononcent peine d'excommunication contre tout évêque, prêtre ou diacre, qui éloigneroit fa femme fous prétexte de piété, & peine de dépofition, fi, en étant requis, il refufoit de la rappeler (1). On effaya d'introduire cette loi au concile de Nicée. Mais on fait avec quel zèle Paphnus, vieillard refpectable, s'éleva con-

---

(1) *Epifcopus aut presbiter, aut diaconus uxorem, fub prætextu religionis non ejiciat, quod fi ejecerit, fegregetur, quod fi perfsveraverit, deponatur.* Can. 3. apoft.

tre cette dangereuse innovation. » N'imposons » pas aux prêtres un fardeau au-dessus de leurs » forces ; le mariage est honorable, & le lit » nuptial est sans tache. « Je n'ignore pas que le fait est révoqué en doute : mais de quoi ne doute-t-on pas, quand on a intérêt de douter ? Tous les historiens ecclésiastiques, Socrate, Sozomene, tous les bons critiques modernes, sur-tout M. Dupin, en prouvent l'authenticité. On ne peut nier ce fait, dit M. Dupin, que pour l'intérêt de la discipline actuelle à laquelle on craint de porter atteinte, en le reconnoissant pour vrai. Baronius est le premier qui ait élevé des doutes sur cette histoire ; mais Baronius étoit cardinal ; il écrivoit à la cour des papes, & son livre est un répertoire d'erreurs & de mensonges. Tous les apôtres, excepté saint Jean, étoient mariés. Tous les peres, qui furent leurs contemporains ou leurs successeurs, sont d'accord sur ce point ( 1 ). Que penser, quand on lit leurs témoignages irrécusables, de la sincérité de nos théologiens, qui assurent qu'on

(1) S. Ign. epist. ad Philad. - S. Clem. Alex. - Tertul. l. de Monog. Orig.- S. Bas. S. Cunb. *Omnes apostoli, excepto Joanne & Paulo, uxores habuere.* Il excepte aussi saint Paul, mais sans raison, & contre le témoignage de tous les autres.

ne trouve rien dans la tradition pour prouver
le mariage des apôtres? D'autres veulent que
les apôtres aient quitté leurs femmes dès qu'ils
furent appelés à l'apoftolat : mais nous avons
caractérifé la loi que l'églife a fondée fur cette
chimérique fuppofition. Au refte , quand les
apôtres fe feroient privés de l'ufage du mariage,
ils ne l'auroient fait que du confentement de
leurs femmes ; la doctrine de faint Paul en eft
la preuve ; & puis faint Paul réclamant avec
tant d'énergie pour les apôtres le droit de fe
faire accompagner d'une femme dans leurs
voyages , *nonne & nos poteftatem habemus mulie-*
*rem fororem circum ducendi* , qui feroit plus fcan-
dalifé de voir à leurs côtés des femmes qui
feroient les leurs, que des femmes étrangeres ?
Je pourrois produire une lifte nombreufe d'évêques & de prêtres mariés, & qui ufoient des
droits du mariage , comme Tertulien. On veut
auffi qu'il ait gardé la continence avec fa femme. Il a beau nous dire lui-même le contraire,
on ne veut pas le croire. Il compofa dans fa
vieilleffe un livre entier adreffé à fa femme,
pour l'exhorter à ne point fe remarier après
fa mort ; car les fecondes noces commençoient
déja à paffer pour infâmes. Faudroit-il un livre
entier pour engager une femme déja vieille à la

continence, fi elle l'eût gardée toute fa vie ? &
Tertulien, pour relever le courage & la gloire
de ce facrifice, diroit-il *qu'il eft bien plus glo-*
*rieux à une veuve d'être continente qu'à une vierge*
*même, parce qu'elle connoît les plaifirs auxquels*
*elle renonce.* Enfin tous les hiftoriens eccléfiaftiques & les meilleurs critiques (1) nous appren-
nent qu'il a été permis, tant en Orient qu'en
Occident, depuis la naiffance de l'églife jufqu'au
pontificat de Syrice & d'Innocent, d'ordonner
des gens mariés, & aux prêtres de vivre avec
leurs femmes. Depuis Syrice il a fallu promettre
de vivre dans la continence & de quitter fa
femme. On peut voir dans l'hiftoire eccléfiaftique, combien il a fallu à ce pape & à fes fuc-
ceffeurs de peines, de violences & de cruautés,
pour faire adopter cette loi. Le pape Syrice,
l'an 385, apprenant que, dans les provinces de
Terragone & de la Gaule narbonnoife, les prêtres fe marioient après leur ordination, rendit
cette décrétale fi fameufe, où il déclare *que fi*
*dorénavant quelque évêque, prêtre ou diacre, ne*
*garde pas le célibat, il ne peut plus efpérer de par-*
*don, parce qu'il faut couper avec le fer & le feu*

_____

(1) M. Valois, Bouffart, Dupin.

*ce qu'on ne peut guérir par les autres remedes* (1).
Comparez le fanatifme de ces menaces avec les
expreffions modeftes de faint Paul, qui ne donne
que des confeils, ou plutôt qui n'exprime qu'un
fimple defir. Que penfer d'ailleurs de cette
décrétale de Syrice, de celle d'Innocent & de
Léon, qui ont fixé la difcipline fur ce point,
quand on voit qu'elles font fondées fur le
canon 3 du concile de Nicée, que ces papes
n'entendoient pas ? Ce canon défend aux évêques, aux prêtres, aux diacres & *autres clercs*,
d'avoir dans leurs maifons d'autres femmes que
leurs meres, leurs fœurs, & des perfonnes à
l'abri de tout foupçon. Puifque le décret eft
général, & que les clercs inférieurs font nommés
avec les prêtres, il eft clair qu'il n'eft pas ici
queftion des femmes légitimes, puifque le mariage n'a jamais été interdit aux clercs inférieurs; mais de ces femmes appelées *agapetes* (2),
dont nous aurons occafion de parler, qui, fous

---

( 1 ) Le décret de Sirice fixoit l'âge du diaconat à
trente ans. Les foudiacres n'étoient point obligés au célibat. C'eft Léon X qui depuis leur a impofé le joug, qu'il
fallut bientôt porter à vingt-un ans. C'eft le caractere
des lois du caprice & de la fuperftition, de devenir,
d'âge en âge, plus féveres.

( 2 ) *Agapetes* vient d'ἀγαπάω, qui fignifie *aimer*.

prétexte de fpiritualité, s'étoient introduites dans la maifon & jufque dans le lit des prêtres.

La décrétale de Syrice ne fut jamais reçue dans l'Orient. Il a toujours été permis aux prêtres, mariés avant l'ordination, de vivre avec leurs femmes & d'en avoir des enfans. De fix conciles généraux tenus en Orient, il n'y en a aucun qui ait fait des lois contre le mariage des prêtres ; quelques évêques ont tenté d'en établir, mais fans fuccès. Le patriarche Cyrille, malgré toute la chaleur de fon zele, ne put introduire le célibat dans l'églife d'Alexandrie. Socrate raconte qu'en Theffalie, on dépofoit un clerc qui continuoit de vivre avec fa femme après fon ordination : mais il taxe cette coutume de nouveauté. Elle venoit d'Héliodore, évêque de Trica, auteur des Amours de Théagene & de Chariclée. » Dans tout l'Orient, dit » Socrate, les clercs, les évêques s'abftiennent » de leurs femmes s'ils veulent, fans qu'aucune » loi les y oblige. Il y a parmi eux plu- » fieurs évêques qui, depuis qu'ils ont été » élevés à cette dignité, ont eu des enfans » légitimes (1). « Le concile *in Trullo*, qui a fixé la difcipline de l'églife grecque dit pofitive-

_____

(1) Socrate écrivoit au milieu du cinquieme fiecle.

ment, » que l'églife Romaine tient pour regle
» d'ordonner aux prêtres & aux diacres de
» quitter leurs femmes ; il veut que le mariage
» de ceux qui font dans les ordres facrés fub-
» fifte , fans les féparer de leurs femmes ,
» pour fe conformer aux canons apoftoliques , &
» pour ne pas déshonorer le mariage que Dieu
» a fanctifié par un facrement. « Il s'appuie fur
la définition du concile de Carthage de l'an 400,
qui prefcrit aux prêtres de s'abftenir de leurs
femmes les jours feulement où ils doivent mon-
ter à l'autel. Il eft donc conftant que l'églife
d'Orient , malgré le décret de Syrice , a .tou-
jours permis aux eccléfiaftiques de vivre avec
leurs femmes. Il eft vrai qu'on ne fe marioit
pas après l'ordination ; mais il n'y avoit point
de loi qui le défendît. C'étoit un ufage qui
n'étoit pas toujours févérement obfervé , puifque le concile *in Trullo* , en parlant de ces
mariages , dit , *Nous les défendons déformais ;*
ce qui fuppofe qu'ils ne l'avoient pas toujours été.

§. V. *La loi du Célibat n'étoit pas reçue dans*
*beaucoup d'églifes au douzieme fiecle.*

En Occident , les décrétales ne furent reçues
que des églifes les plus voifines de Rome & les
que

plus foumifes à l'influence de l'autorité pontificale. Pas un concile, pas un pape, qui n'ait fait, depuis Syrice, des réglemens pour renouveler la décrétale, pour la faire exécuter, & pour punir les infracteurs. La multiplicité & la févérité des lois prouvent leur infuffifancè.; & que peuvent les lois contre la nature ? On voit dans Mézeray, que vers la fin de la premiere race, les prêtres étoient mariés en France. En Angleterre, *malgré l'ange Gabriel qui defcendit exprès du ciel* pour apporter dans cette île la loi de la continence, les prêtres fe marierent jufqu'au milieu du neuvieme fiecle, où deux moines fanatiques, devenus fucceffivement archevêques de Cantorbéry, vinrent à bout, à force de violences, d'établir le célibat. L'ufage ancien ne tarda pas à revenir. Le pape Grégoire VII fit publier dans cette églife une décrétale pour le profcrire de nouveau : mais fes efforts furent inutiles, dit Mathieu Pâris ( 1 ). Son décret occafionna un fchifme pire que l'héréfie.

Le célibat n'étoit point établi dans cette églife en 1130. Un concile de Londres venoit de

( 1 ) Mathieu Pâris, page 48. Hift. Angl. ann. 1074. Antiq. eccl. Brit. page 121. Hovedin , page 478.

l'ordonner; mais le roi voyant que cette décifion foulevoit les efprits, permit le mariage aux
prêtres, comme il l'avoit été, dit-il, fous les
rois fes prédécefleurs. Le cardinal de Creme
fut envoyé de Rome pour appuyer de toute l'autorité pontificale le décret du concile de Londres. Il fit une harangue, où il peignit avec
énergie le crime d'un prêtre qui, fortant des
bras de fa femme, alloit de fes mains fouillées
porter le corps de J. C. dans fa bouche, toute
fouillée par les baifers de l'amour profane.
La nuit fuivante, ce cardinal fut furpris, par
des officiers de police, dans le lit d'une courti-
fane, quoiqu'il eût dit la meffe le matin. Il s'en-
fuit d'Angleterre, & fa légation finit là. Les
eccléfiaftiques, dit Mathieu Pâris, continuerent
de fe marier plus d'un fiecle après; malgré les
défenfes de Rome. Le célibat n'étoit point,
vers le même tems, établi en Pologne. Le cardinal de Capoue, en qualité de légat, porta
cette loi dans cette églife, où il ne trouva pas
beaucoup de réfiftance; mais en Bohême fes
efforts furent inutiles. Ne pouvant obtenir des
prêtres mariés de renoncer à leurs femmes, il
voulut au moins faire promettre par ferment,
à ceux qui fe difpofoient à l'ordination, qu'ils
ne fe marieroient jamais. Mais alors, dit Du-

bravius (1), les prêtres franchiffant les barrieres
qui les féparoient des ordinans, les conjuroient
de fe fouvenir »qu'ils étoient nés libres, que la
» nature les avoit fait hommes, de ne pas fouf-
» frir qu'on les mutilât, qu'on les dégradât hon-
» teufement; qu'il étoit injufte de les accabler
» d'un joug que leurs peres n'avoient pu porter. «
M. Fleury parle de plufieurs évêques qui fe
marierent publiquement en France, entre autres
d'un évêque de Dole & d'un archevêque de
Rouen. On ne leur reprochoit que d'avoir doté
leurs enfans aux dépens de leurs églifos. Ces
exemples prouvent que les mariages étoient alors
fort communs parmi les prêtres. Il eft donc in-
conteftable que les eccléfiaftiques ont retenu
pendant plus de douze fiecles la liberté du mariage dans prefque toutes les églifes; que les
décrétales de Syrice & d'Innocent ne peferent
que fur celles qui étoient les plus voifines de
Rome, & les plus expofées aux vengeances de
cette cour. Croire que ce qui exifte maintenant
a toujours exifté, & borner ainfi fon horizon à
celui de fon fiecle, c'eft faire comme les géo-
graphes chinois, qui, après avoir tracé fur la carte
les limites de leur vafte empire, ne voyant rien

(1) Hiftoire de Bohême.

au-delà, répandent la mer sur le reste de la surface.

Combien les mœurs des premiers chrétiens, que M. Fleury, dans le tableau touchant qu'il nous a tracé, nous représente partagés entre les soins de la vie domestique & les devoirs de la vie sociale; combien, dis-je, ces mœurs sont différentes de ces pratiques bizarres , de ces austérités ridicules qui ont défiguré trop tôt le christianisme, & qui ne servent qu'à déshonorer l'œuvre de Diéu & de sa providence ! » Quel » autre que les démons , disoit Athénagore , » dans son apologie de la religion chrétienne, » a pu inspirer aux prêtres de Rhée de se faire » eunuques, à ceux de Diane de se déchirer le » corps à coups de fouet ? Le vrai Dieu ne » porte point à ce qui contredit la nature. «

» Voyez , dit saint Clément d'Alexandrie, » les prêtres des idoles : leurs cheveux sont » hérissés, leurs habits sales & déchirés, ils » s'abstiennent des bains, ils attentent à leur » virilité: par toutes ces pratiques barbares, ils » montrent bien que leurs temples sont moins » des temples que des prisons ou des sépul- » cres; c'est là pleurer ses dieux, & non les » adorer. « Saint Antoine, ce pere de la vie solitaire, n'avoit point encore appris aux chrétiens qu'il étoit beau de quitter leurs freres,

pour aller, dans des antres fauvages, vivre
avec les bêtes & les démons.

§. V I. *Le Célibat a paffé des écoles de Pythagore
& de Platon dans le Chriftianifme.*

Quand on paffe du premier âge du chriftianifme aux fiecles fuivans, on croit quitter une
religion pour une autre religion. Le mélange
de la philofophie de Platon & de Pithagore
forma la fefte appelée éclectique, qui fleurit à
Alexandrie, & qui fut l'école de tous les premiers peres de l'églife. L'engouement fut tel,
que plufieurs prêtres ne craignirent pas d'ar-
borer le manteau de philofophes, comme le
leur reproche Origene. Bientôt naquit le nouveau Platonifme, encore à Alexandrie. Son fon-
dateur fut Ammonius, dont Origene, cet ardent panégyrifte de la continence, fut le plus
illuftre difciple. C'eft dans ces fertes, qui in-
fluerent tant fur la difcipline de ces premiers
fiecles, qu'on vit le berceau du célibat religieux. Ces philofophes regardoient les corps
comme les prifons des ames, l'union de l'ame
& du corps comme le principe du mal moral.
Toutes leurs leçons tendoient à affranchir l'ame
de ces indignes liens. Le premier moyen étoit
la fuite du mariage, & une févere privation des

plaifirs de l'amour. La pitié s'en mêloit: c'étoit
une inhumanité de vouloir accroître le nombre
de ces prifons, & de préparer aux ames de
nouveaux fupplices. Joignez à cela l'état de
perfécution où vivoit l'églife, la néceffité de
fuir, de fe cacher, de mourir pour prouver fa
foi, & vous ne chercherez pas plus long-tems
l'origine de la continence, & les caufes qui
l'accréditerent (1). Ainfi nous fommes les imi-
tateurs des faquirs, des brachmanes de l'inde,
des bonzes de la Chine, des thérapeutes d'A-
lexandrie; & tandis que nous croyons fuivre
faint Paul & J. C., nous fommes difciples des
faux Platons (2) & des faux Pythagores.

---

(1) Une de ces caufes que je ne dois pas oublier,
c'eft la perfuafion de tous les chrétiens d'alors, que la
fin du monde étoit prochaine. Les fignes effrayans qui
doivent accompagner cette diffolution de la nature, &
ces paroles de Jefus-Chrift dans l'évangile, *Væ prægnan-*
*tibus & untrientibus in illis diebus*, frappoient les ima-
ginations & détournoient du mariage. Tous les peres
croyoient que le monde alloit finir. Cela paroît incon-
cevable : mais on trouve des traces de cette opinion
dans tous leurs ouvrages. Voyez faint Cyprien, *in*
*Demetrius.*

(2) Ceux qui ont vu dans la République de Platon
fes lois morales & politiques, fur-tout fur le mariage,

Bientôt vinrent des hérétiques, qui s'avi-
ferent de divinifer les plaifirs, & de traiter la
continence d'imbécillité. Et puis Vigilance, qui,
par un principe oppofé, mais dont l'effet étoit
le même pour les catholiques, regardoit la for-
nication comme le plus grand des crimes, & la
continence comme un état qui conduit nécef-
fairement à ce crime. Ceux qui ignorent jufqu'à

---

feront étonnés de trouver dans le même philofophe
une doctrine fi oppofée. Chez les anciens, où tout étoit
ordonné par rapport à la fociété & à la patrie, les philofophes donnoient à leurs concitoyens les lois de la
raifon, & gardoient pour eux les rêves de la métaphy-
fique. En général, une contradiction frappante dans la
morale des anciens, étonne ceux qui n'y ont pas réflé-
chi : ils exaltoient toutes les vertus publiques, & ne fe
foucioient guere des vertus privées. Ils exigeoient tout
du citoyen, & rien du particulier. Cela nous explique
comment les mariages étoient plus refpectés chez les
Grecs que chez nous, pourquoi les femmes étoient plus
modeftes, plus concentrées dans les foins domeftiques,
les feules occupations qui les honorent, malgré la corruption de la morale, & la licence des mœurs privées.
Quand un citoyen avoit payé fa dette à fa patrie par
un mariage fécond, il pouvoit fe livrer aux plaifirs avec
les courtifanes & fes efclaves. Voilà pourquoi les Laïs
voyoient autour d'elles des Périclès, & même des So-
crates. L'enthoufiafme de la patrie & de la liberté, la

quel point la rivalité des partis exalte les idées
& exagere les opinions, n'ont qu'à lire les dé-
clamations furieufes de faint Jérôme contre les
mariages, & les torrens d'injures qu'il répand
contre Vigilance.

---

bonté & la force des inftitutions politiques, fuffifoient
pour donner aux citoyens les vertus publiques, les feules
dont les gouvernemens anciens croyoient avoir befoin.
Le chriftianifme a pénétré dans les foyers, & s'eft attaché à former l'homme privé. Cette morale étoit digne
d'une religion divine; mais par fes préceptes & fes confeils, mal interprétés fans doute, il a détruit l'homme
public, & cela ne pouvoit être autrement. Les chrétiens n'avoient point de patrie; étrangers & perfécutés
par-tout, il falloit bien tranfporter fa patrie dans le
ciel, & regarder cette terre comme un lieu d'exil. On
voit que cette morale devoit former des anachoretes &
des célibataires, plutôt que des magiftrats, des foldats
& des peres de famille. Maintenant que nous aurons
auffi une patrie, fans doute la morale changera, &
fans perdre cette pureté divine qui fanctifie nos actions
les plus fecrettes, & jufqu'à nos penfées, elle fe rap-
prochera un peu de la morale des Solons, des Lycur-
gues, des Platons, qui a créé ces citoyens dont l'hé-
roïfme élevera bientôt nos ames fans les étonner; ou
plutôt la morale chrétienne fera la morale de Jefus-
Chrift, & non celle de Tertulien, d'Origene, de
faint Epiphane, de faint Jérôme, ou des peres des dé-
ferts.

§ VII.

§ VII. *Le Célibat a corrompu l'Eglise dès sa source.*

Nous venons de voir la continence paſſer des écoles de Platon & de Pythagore dans le Chriſtianiſme. Suivons rapidement ſes traces. A peine l'Egliſe ſe glorifie de poſſéder dans ſon ſein un peuple de vierges, *qui forment ſur ſon front une couronne de brillantes étoiles*, que ſaint Cyprien, ſaint Clément, Tertullien, leur reprochent avec chaleur l'indécence de leur parure, les dangers des bains publics, où la pudeur, quittant ſes voiles, abandonnoit à la témérité des regards des corps conſacrés à Jéſus-Chriſt, et enflammoit des paſſions qui faiſoient tous les jours pleurer à l'Egliſe la perte de ſes vierges. *Quid vero quæ promiſcuas balneas adeunt, quæ oculis ad libidinem curioſis pudori ac pudicitiæ corpora dicata proſtituant.*

Voici le portrait que ſaint Jérôme, ce grand panégyriſte de la continence, nous a tracé d'un grand nombre de vierges de ſon tems. » Je ſuis » touché de la plus vive douleur, en voyant » combien de vierges ſe perdent tous les jours ; » combien l'égliſe en voit périr dans ſon ſein. » La plupart, devenues veuves ſans avoir été » mariées, cachent ſous un extérieur modeſte

H

» une conscience coupable, que trahissent leur
» grossesse et les cris de leurs enfans. Les autres
» boivent la stérilité dans des sucs homicides,
» et sont parricides sans avoir été meres.
» Quelques-unes, sentant le fruit de leurs ini-
» quités, l'empoisonnent par de détestables breu-
» vages, & comme il arrive souvent qu'elles
» périssent avec leurs enfans avant que de les
» avoir mis au monde, elles descendent en
» enfer coupables de trois différens crimes :
» homicides d'elles-mêmes, adulteres de Jésus-
» Christ, & parricides de leurs enfans ( 1 ). «

Quels monstres pareils ont produits les mys-
teres de Cérès, les fêtes de Saturne et de Vénus?
& les fureurs des bacchantes valent-elles la
continence de nos vierges ?

Les prêtres eurent leurs agapètes, si célèbres

---

( 1 ) *Piget me dicere quot quotidie virgines ruant; quot petras
excavet inimicus, & habitet coluber in foraminibus earum.
Videas plerasque viduas antequam nuptas, infelicem conscien-
tiam mentitâ veste protegere quas nisi tumor ventris, & infantum
prodiderit vagitus sanctas & castas esse gloriantur. Aliæ sterili-
tatem præbibunt, & nec dum sati homicidium faciunt. Nonnullæ
cum se senserint concepisse de scelere abortii venena meditantur,
& frequenter ipsæ commortuæ trium scelerum reæ ad inferos
producuntur, homicidæ sui, Christi adulteræ, nec dum nati filii
parricidæ.* Epist. ad Eustoch.

dans les premiers conciles. Une des plus graves occupations de ces augustes assemblées, ce fut de chasser ces *bien-aimées* du lit des évêques & des prêtres. C'est l'objet d'un canon du grand concile de Nicée. On accusoit de simplicité ceux qui croyoient que les vierges ne pouvoient pas coucher avec un prêtre, sans perdre la fleur de leur virginité. Il y avoit des sages-femmes établies juges de ces sortes de procès. Une agapète, trouvée dans le lit d'un diacre de Carthage, protestant de son innocence, fut soumise à cette honteuse & ridicule épreuve. Saint Cyprien nous instruit de ce fait dans ses lettres ( 1 ). Depuis la loi du Pape Syrice, on n'entend plus parler que de concubinages, que de chambrieres ( 2 ) qui prirent la place des agapètes. Je n'ose nommer le livre que le pere Damien, dévot atrabilaire, composa contre les ecclésiastiques de son tems. Le titre seul annonce l'infamie du sujet ( 3 ). On ne voit plus que légats

(1) *Epist.* 72.

(2) *Focariæ.*

( 3 ) *Gomorreus.* On voit, en 1097, un archevêque de Tours, à qui le célebre Yves de Chartres reproche d'avoir obtenu l'évêché d'Orléans pour un jeune homme, nommé Jean, dont il abusoit. Ce jeune homme lui-même étoit

H 2

courir d'églife en églife, armés d'excommunications & de foudres, pour faire obferver les
décrétales. Le cardinal de Capoue fit mourir de
faim, en prifon, des prêtres qui refufoient de
fe rendre à fes ordres barbares. Tous les hiftoriens de Bohême nous rapportent ce fait, que
toutes les larmes de l'églife n'effaceront jamais.
Les plus graves & les plus pieux perfonnages
ne cefferent de réclamer, dans tous les tems,
la liberté du mariage pour les prêtres ( 1 ). Les
Papes furent toujours inflexibles. Le plus furieux
apôtre du célibat, ce fut cet Hildébrand, connu
fous le nom de Grégoire VII, auparavant moine
de Clugny, qui incendia le monde de fes excommunications, qui enfanglanta l'Allemagne pour
les inveftitures, dont on peut dire qu'il ne dé-
chira pas l'églife, comme fes prédéceffeurs,
membre par membre, mais qu'il la dévora tout
d'un coup. Enfin ces défordres, & plufieurs

---

furnommé Flora, à caufe d'une femme qu'il aimoit ; &
comme il avoit été élu le jour des Innocens, on avoit fait
cette chanfon fur lui :

*Eligimus puerum , puerorum feffa colentes ,*
*Non noftrum morem , fed regis juffa regnentes.*

Yves de Chartres, Epift. LXVI & LXVII.

(1) Gerfon, chancelier de l'univerfité de Paris, & le
meilleur théologien de fon tems, fit une belle harangue
fur ce fujet, au concile de Conftance.

a utres, allant toujours en croiſſant, et l'égliſe, eſclave des Papes, ne pouvant y apporter remède, l'Europe, fatiguée de tant de maux, ſe jeta dans les bras de Luther. Voila donc les beaux effets du célibat ; l'égliſe corrompue dès ſa ſource, & la moitié de l'Europe perdue pour la religion. Ce principe deſtructeur eſt encore dans notre ſein ; il fait prédire aux proteſtans que les états réformés ſubjugueront un jour les états catholiques. Certes, ils ne nous donneront jamais des lois ; mais ne pourroient-ils pas nous donner leur croyance & leur diſcipline ? Qu'eſt-ce qui a pu inſpirer aux papes un zèle ſi ardent pour le célibat religieux ? La même politique qui les porta à ſe rendre les maîtres & les diſtributeurs de tous les biens de l'égliſe. Ils vouloient être les rois des rois. Pour cela, il falloit avoir le clergé à ſa ſolde, & le détacher de ſa patrie & de ſon prince, en l'iſolant. Pie IV nous auroit révélé le myſtere de cette politique, s'il eût été difficile à pénétrer. Ces deſpotes vouloient des eunuques pour avoir des eſclaves plus dévoués.

On eſt ſurpris de voir, dans ces ſiècles d'ignorance, des ſyſtêmes d'ambition ſi bien ſuivis & ſi bien combinés. J'ai toujours cru que les méchans voyoient dans les ténèbres, comme les animaux lâches & cruels, qui fortent la nuit de leur retraite, pour furprendre leur proie & la dévorer.

Je m'arrête ici pour ne pas faire la critique de mes contemporains. Les lumieres plus répandues, le goût de l'étude, la comparaifon du clergé proteftant, une difcipline plus indépendante de Rome, ont donné plus de dignité, plus de décence aux mœurs de nos eccléfiaftiques. Mais fi le monde eft quelquefois injufte à leur égard, fa défiance n'eft-elle pas fondée? et cette défiance feule n'eft-elle pas une honte pour la Religion? Le fcandale d'un feul ne déshonore-t-il pas plus le clergé, que la régularité ignorée & fufpecte de tous les autres ne fauroit l'honorer?

A des motifs fi preffans de détruire le célibat, qu'entend-on oppofer tous les jours? des confidérations. Le peuple a, dit-on, un refpect d'habitude pour un prêtre non marié. Je réponds que les miniftres en Hollande font plus refpectés que les prêtres en France. Et puis fi le célibat eft une idole du caprice & de l'imagination, le refpect du peuple pour un prêtre célibataire eft une fuperftition. Combien nos eccléfiaftiques feroient plus refpectés & plus dignes de l'être, fi des occupations domeftiques rempliffant les vides du miniftere, ils trouvoient chez eux

des plaifirs honnêtes , qui le font bien moins
dès qu'ils vont les chercher ailleurs ! Combien
cette efpèce de dictature domeftique , qu'un pere
exerce dans fa famille au milieu de fes enfans ,
ne donne-t-elle pas de gravité aux mœurs , de
dignité à toute la conduite ! Quand on confidere
les fublimes prérogatives de l'autorité paternelle chez tous les peuples anciens , la majefté
imprimée par Dieu même au front d'un pere ,
fa bénédiction gage des profpérités temporelles ,
fa malédiction , toujours ratifiée dans le ciel ;
peut-on croire que ce même Dieu nous infpire
aujourd'hui tant d'indifférence & de mépris
pour les nobles images de fa divinité , qu'il
nous faffe un devoir ou un honneur de ne pas
être pere ? La fuperftition a beau faire , la nature
eft reftée la plus forte. Le tableau d'un pere
au milieu de fes enfans , a toujours ému notre
cœur ; il s'ouvre au plus doux intérêt , tandis
qu'il fe ferme & fe refferre à la vue d'un vieux
célibataire.

§. V I I I. *L'Affemblée nationale peut réformer le*
*Célibat religieux , fans le concours de l'autorité*
*eccléfiaftique.*

J'entends répéter trop fouvent que la réforme,
que nous avons prouvée néceffaire , eft l'affaire

d'un concile. Veut-on dire d'un concile général ?
Quand il feroit poffible de l'affembler, feroit-il
plus faint que *le faint concile de Trente*, où l'on
difoit qu'il valoit mieux avoir des prêtres incontinens que des prêtres mariés ? Quelle pitié,
pour réformer la France, de la mettre à la dif-
crétion des prélats italiens & des moines efpagnols, fur-tout tant qu'ils tiendront encore le
Pape infaillible. C'eft le premier principe de
nos libertés gallicanes, que les décrets des
conciles, même œcuméniques, n'ont de force
en France qu'autant qu'ils font acceptés et pu-
bliés. Nous avons toujours repouffé loin de nos
frontieres le concile de Trente, demandé pourtant pendant tant d'années. Parle-t-on d'un
concile national ? Mais pourquoi une réforme,
qui intéreffe toute la fociété, ne feroit-elle
ordonnée que par un petit nombre d'évêques
auxquels tant de préjugés pourroient infpirer
une décifion contraire au bien comme au vœu
public ? Eft-ce à un évêque vieux, cacochime
ou libertin, qu'il appartient de juger fi un prêtre
jeune, honnête & qui fe porte bien, doit fe
marier ou non ? La réforme que nous demandons,
regarde encore plus la fociété civile que l'Eglife;
elle peut donc être ordonnée par la Nation. Elle
regarderoit l'Eglife toute feule, que la Nation
pourroit

pourroit l'ordonner encore. Le Souverain eſt le protecteur de l'Egliſe ; cette qualité de protecteur, & les droits qui en dérivent, ont été trop long-tems oubliés, & ne ſont pas encore aſſez géné-ralement connus. Je ferois un volume, ſi je voulois développer les vrais principes qui ſervent de baſe à la diſcipline eccléſiaſtique, rapporter tous les réglemens faits par les empereurs chré-tiens, par Conſtantin ſur-tout, qui a créé pourtant l'autorité pontificale, toutes les lois établies par nos rois des premieres races, pour l'adminiſtra-tion des choſes de l'Egliſe ( 1 ).

Mais poſons des principes plus directs à notre queſtion. Pourquoi les prêtres ne peuvent-ils plus ſe marier ? à cauſe de l'empêchement di-rimant de l'ordre. Je dis que l'Egliſe n'a jamais eu le droit d'établir les empêchemens dirimans de mariage. C'eſt dans la nuit des ſiècles d'i-gnorance, où elle envahiſſoit tout, qu'elle a fait, ſur la puiſſance civile, cette importante conquète. Des empêchemens appoſés par l'E-gliſe, aucun n'eſt plus ancien que le huitieme ſiècle, & celui de l'ordre eſt né au douzieme.

(1) On peut conſulter, ſur cette grande queſtion, M. de Marca, de concordiá ſacerdotii & imperii ; M. Dupin, de diſciplina veteris eccleſiæ, & l'excellent traité du pouvoir des rois dans l'adminiſtration de l'égliſe.

Avant cette époque, les Papes perfécutoient bien
les prêtres qui fe marioient ; ils traitoient bien
leur mariage de concubinage, d'adultere ; mais
ils ne s'avifoient pas de rompre le lien. Ils
honoroient des mêmes noms les fecondes nôces.
Je fais que le docteur Gerbais entaffe les autorités,
accumule les faits, pour prouver que l'Eglife
a toujours caffé le mariage des prêtres ; mais je
fais auffi qu'il finit cette difcuffion par avouer
qu'elle n'a établi l'empêchement de l'ordre qu'au
douzieme fiècle. Gerbais étoit docteur de Sor-
bonne.

Le Souverain peut établir les empêchemens
dirimans, parce que le mariage eft un contrat
civil ; l'Eglife peut les pofer auffi, parce que
je mariage eft un facrement. Voilà la doctrine
des théologiens. Cependant l'autorité civile &
l'autorité eccléfiaftique font toutes deux fouveraines, toutes deux indépendantes dans leur
objet refpectif ; l'une toute temporelle, l'autre
toute fpirituelle ; c'eft un principe avoué &
défendu par le clergé ( 1 ). Voilà donc deux
puiffances, toutes deux fouveraines, toutes deux

---

( 1 ) Les Papes n'ont pas tous reconnu cette verité. Grégoire V II, qui fe prétendoit vice - Dieu & maître du monde,
traitoit de Manichéens ceux qui admettoient deux puiffances indépendantes.

indépendantes, qui tombent fur le même objet.
Quelle abfurde contradiction ! Ici nos docteurs
appellent faint Thomas à leurs fecours. C'eft,
difent-ils avec lui, fur le contrat fpirituel du
facrement que s'exerce l'autorité de l'Eglife, &
non fur le contrat civil du mariage. L'heureufe
invention que le contrat fpirituel ! à coup fûr,
les jurifconfultes ne l'auroient pas imaginé. Un
contrat fpirituel n'eft intelligible que pour ceux
qui comprennent les myfteres. Et pourquoi, fi
l'autorité eccléfiaftique ne frappe que le contrat
fpirituel, le contrat civil fe trouve-t-il caffé
comme par contre-coup ? & fi le mariage n'é-
toit pas le facrement, fi le mariage étoit indé-
pendant du facrement, s'il exiftoit fans lui, le
droit de mettre un empêchement au facrement
fuppoferoit-il le droit d'empêcher le mariage ?
Jéfus-Chrift a établi un facrement pour fanctifier
le mariage ; mais le mariage exiftoit avant Jéfus-
Chrift. Il exifte encore aujourd'hui, même dans
le chriftianifme, fans le facrement. Un mariage,
célébré en préfence d'un curé qui refuferoit fa
bénédiction nuptiale fans raifon légitime, feroit
reconnu par la loi. Le curé eft requis à la cé-
lébration comme témoin néceffaire, & non
comme miniftre. C'eft ainfi que les tribunaux,
que la congrégation romaine, ont interprété le
décret du concile de Trente. Deux turcs, deux

juifs, qui fe convertiroient, ne feroient point
remariés ; l'églife ne changeroit rien, n'ajou-
teroit rien à leur union. Les mariages clandeffins,
avant le concile de Trente, étoient valides fans
bénédiction nuptiale ; enfin le mariage des païens
avec des femmes chrétiennes, ne pouvoit avoir
le caractere de facrement ; cependant il étoit
valide, conforme aux lois de l'empire, & même
de l'églife. Eft-il clair que le mariage & le
facrementfontdeux êtres diftincts & indépendans?
Le facrement n'eft pas néceffaire au mariage :
*Facit matrimonium mutuus partium confenfus.*
Voilà l'axiome du droit. Donc l'églife, quand
elle feroit maîtreffe du facrement, ne le feroit
pas du mariage ; le contrat civil feroit hors de
fa portée. Quand on preffe fi vivement les
théologiens, ils répondent, fans paroître dé-
concertés, que le contrat civil étant la matiere
du facrement, l'églife, maîtreffe du facrement,
l'eft auffi du contrat civil. Je pourrois arrêter
leur principe ; mais voici une réponfe qui les
flattera davantage. L'huile eft la matiere de la
confirmation, l'eau celle du batême, le pain
& le vin celle de l'euchariftie ; que l'églife faffe
donc auffi, en fouveraine, des lois fur les eaux,
fur le commerce de l'huile, du vin, de la farine,
fur les moulins à vent qui la préparent, fur l'air
qui fait mouvoir ces moulins à vent. Elle fera

souveraine des élémens ; elle pourra , quand elle voudra , faire du monde un cahos.

L'Assemblée nationale a le droit d'abolir l'empêchement de l'ordre, comme illégalement établi. Alors les prêtres pourront contracter mariage, sans être inquiétés par le magistrat civil. Si l'église vouloit, comme autrefois, les séparer de leurs femmes par des persécutions , c'est autre chose : on pourroit lui faire comprendre , au tems où nous vivons , que si elle n'a pas le droit de priver les prêtres de leurs facultés civiles & naturelles, elle n'a pas le droit non plus d'en rendre l'exercice illusoire ; que si elle n'a pas le droit de leur interdire le mariage, elle n'a pas le droit de leur en interdire l'usage; l'un est une conséquence de l'autre.

Mais l'église a bien le droit d'exiger de ses ministres certaines qualités , certaines vertus. Oui, des qualités que la nature avoue, & des vertus qui ne corrompent pas les mœurs. Pendant que les vestales entretenoient le feu sacré sur les autels de Diane , les femmes, les filles se prostituoient aux fêtes de Vénus. Je ne prétends pas comparer ces deux cultes, en effet si opposés ; mais , malgré la différence de leurs motifs , dont l'un est sans doute plus odieux que l'autre , je reconnois leur commune origine dans cette manie des hommes de prêter à Dieu leurs folies ou leurs vices. Qu'importe en effet à Dieu ces facrifices pénibles, fans motif raifonnable comme fans utilité réelle ? S'il n'eft permis à perfonne de fe couper les bras ou de s'arracher les yeux, pourquoi feroit-il permis de fe réduire à une impuiffance volontaire ? Le courage & la force, qui font contre la raifon, ne fauroient être la vertu ; & fi, comme la morale nous l'apprend, la vertu a dés rapports effentiels avec l'utilité commune & particuliere, nous méprifrons les ftériles fouffrances de ces ana-chorètes, fuyant la fociété des hommes qu'ils dévoient fervir, pour aller, dans d'affreux dé-ferts, vivre avec les bêtes, & comme les bêtes ; fans autre occupation que de fe tourmenter dans l'oifiveté, & d'épuifer un corps dont le créateur avoit deftiné les forces à des travaux néceffaires. D'après cette règle, nous louerons la chafteté de Lucrece, la continence de Xéno-crate & de Scipion ; mais nous regarderons avec un froid & ftérile étonnement, faint Bernard (1) fe précipitant dans un étang glacé, pour éteindre les feux de la nature, ou faint Jérôme dans fon

_____

(1) Nous nous ferions un fcrupule d'oublier faint Fran-cois d'Affife, & fa femme de neige à laquelle il fit trois enfans de neige, ce qui lui faifoit dire : » N'eft-ce pas là » ma femme & mes enfans ? «

défert, fe brifant la poitrine avec un caillou,
pour chaffer de fon cœur les dames Romaines
que fon imagination, allumée par les jeûnes,
lui ramenoit fans ceffe dans fa folitude, plus
brillantes de charmes & de beautés, qu'il ne
les voyoit dans les cercles de Rome.

Voilà ce que j'avois à dire pour ceux qui,
étrangers aux principes de la difcipline eccléfiaftique, croyoient que l'églife feule pouvoit
réformer le célibat religieux. Les autres com-
prendront bien fans moi, que tout gouvernement,
pour être bon, doit contenir en lui-même le
principe de tout ce qui eft néceffaire pour fe
perpétuer, fe maintenir & fe régénérer ; qu'il
feroit abfurde qu'il n'eût pas le droit de réformer
les abus, fans la permiffion d'une puiffance
étrangere, fur-tout fi cette puiffance, qui eft
elle-même le plus grand des défordres, ne fauroit
fe maintenir qu'à la faveur du défordre ; qu'il
feroit abfurde d'avoir détruit cette ridicule ba-
lance des pouvoirs ariftocratiques qui gênoient
la marche du gouvernement, pour le laiffer
foumis au defpotifme ultramontain, qui pourroit l'arrêter tout-à-fait. Au moment où la
politique, éclairée d'une plus vive lumiere,
voit la bonté de cet ordre qui naît de l'unité,
& veut gouverner la France comme la Providence
gouverne le monde, par des lois générales, mais

fécondes, dont les principes fimples & fublimes forment ce magnifique enfemble & cette divine harmonie que nous admirons, penfent-ils qu'on tolere une prétendue difcipline qui forme dans l'etat comme un état à part, dont les citoyens obéiffent aux lois d'un defpote étranger, lui paient l'odieux tribut de la fervitude, & feroient, dans le corps politique, comme un dépôt d'humeur dans le corps humain, qui, fermentant au moindre accident, lui cauferoit des maladies où la mort? Ceux qui aiment la religion, verront tomber avec plaifir cette royauté pontificale qui a tant troublé le monde, & la triple couronne qui ne ceignit jamais le front des apôtres. Ceux qui refpectent les Papes, s'ils font fages, s'en réjouiront auffi; car depuis long-tems leur puiffance, qui faifoit trembler les princes, n'a plus d'influence que pour fervir leurs intérêts ou leurs paffions. Leurs tributs arrêtés ou payés, leurs états confifqués ou rendus, récompenfent ou puniffent leur docilité ou leur réfiftance; & ces vice-dieux reffemblent aux idôles du Gange, qu'on n'honore que pour en obtenir des bienfaits, tour-à-tour encenfées & fouettées par leurs adorateurs.

F.I N.

# TABLE.

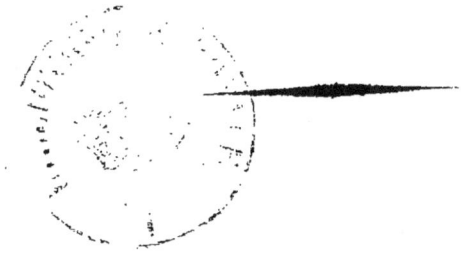

www.ingramcontent.com/pod-product-compliance
Lightning Source LLC
Chambersburg PA
CBHW070838280626

47161CB00015B/2319